小草的呢喃

王克彦　著

民主与建设出版社

·北京·

图书在版编目（CIP）数据

小草的呢喃 / 王克彦著. -- 北京 : 民主与建设出版社, 2019.12（2024.10重印）
ISBN 978-7-5139-2855-7

Ⅰ. ①小… Ⅱ. ①王… Ⅲ. ①诗集—中国—当代②散文集—中国—当代 Ⅳ. ①I217.2

中国版本图书馆 CIP 数据核字（2019）第 273765 号

小草的呢喃
XIAOCAO DE NINAN

出 版 人 李声笑
著　　者 王克彦
责任编辑 刘树民
封面设计 刘昌凤
出版发行 民主与建设出版社有限责任公司
电　　话 （010）59417747 59419778
社　　址 北京市海淀区西三环中路 10 号望海楼 E 座 7 层
邮　　编 100142
印　　刷 三河市元兴印务有限公司
版　　次 2020 年 3 月第 1 版
印　　次 2024 年10月第 3 次印刷
开　　本 880 毫米 ×1230 毫米 1/32
印　　张 5.5
字　　数 90 千字
书　　号 978-7-5139-2855-7
定　　价 59.80 元

梦江南

雪月陪我到东方

自序

我是大自然中一棵“没有花香，没有树高，无人知道的小草”，却“从不寂寞，从不烦恼”，感谢“春风把我吹绿，阳光把我照耀，河流山川哺育了我，大地母亲把我紧紧拥抱”。

我是生活在人世间的小草一棵，感上天好生之德椿萱造命之恩，无斐然可狂简欲己能狷介，少才学而多愚拙，无花无果不自嗟，自立自歌自得乐，自写自读自吟哦，敝帚自珍自叙说。

把十几年来积攒的心意（有几篇借用孩子的一时意兴之作）编结在一起，用以感谢大自然和人世间提供给我许多自得其乐的机遇！

无文学功底的琐语絮絮，多为个人情趣和家长里短，故文集取名《小草的呢喃》。文集根据体裁划分为两部分：《诗歌篇》和《散文篇》，选取的是以现在为起点直到稍微远的十几年前的作品。

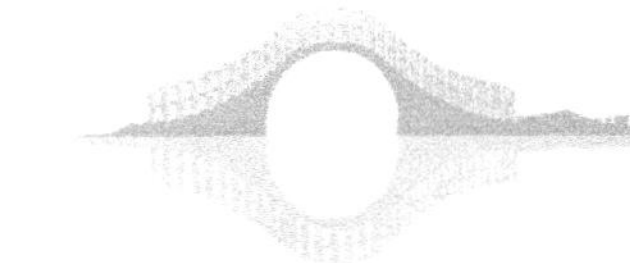

雁柯

庭院初秋

采桑子·咏海棠

目录

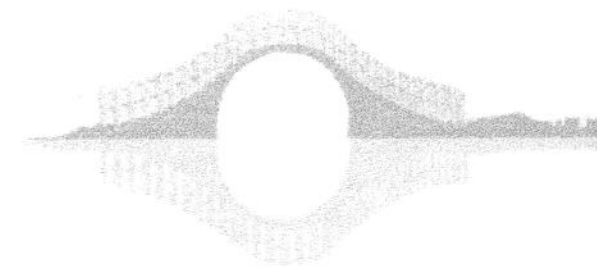

新六幺令·寒夜

诗歌篇

苏幕遮·辞旧迎新过大年

飞燕钩，湘君帘。一夜高挂，除夕人无眠。过去未来生活会父子纵酒，偶尔称呼乱。

发信息，看春晚。一心二用，真情送祝愿。何须爆竹辞旧岁？笑语声里，磬钟迎新年！

二〇一九年二月四日

苏幕遮·转瞬近知命

沈腰柳，潘鬓霜。年近半百，动辄话沧桑：万般滋味皆品尝。再也不能，一觉到天亮。

更年期，莫彷徨。乐天知命，渠成心安详：除却自己无敌方。精神年龄，掌控你模样。

二〇一九年一月二十八日

点绛唇·周末

今日周末，临窗海面浓雾隔。百无聊赖，读易安容若。

渐入佳境，入笔花世界。临黄昏，夕阳来约：共海边去者？

二〇一九年一月十二日

卜算子·地瓜花

本名番薯叶，我呼地瓜花。瓶瓶罐罐随手放，见水发根芽。

或说做蔬果，蒸炒口味佳。爱它似柳易成行，怜惜如奇葩。

二〇一九年一月七日

奋翮为自由

海天苍茫一沙鸥，鱼虾不过稻粱谋。

逆风振翮冲霜雪，踏浪凌空为自由。

二〇一九年一月七日

鹧鸪天·元旦

世事难料无须料，今日元旦看海潮。去年梅前徘徊久，香烹晚晴酌酒醪。

思乡情，付鸥鸟。天若有情天亦老。雪花偏似梨花闹，挽臂爱侣走海角！

二〇一九年一月一日

新六幺令·寒夜

天际一抹蛾眉，地上一层雪被，海面一波浪队，鸡窗一人晏睡。

床橱嘀嗒秒钟，檐角偶尔禽争，路上时有车声，渡口空旷寂清。

二〇一八年十二月三十一日

梦里梦外

故园蜡梅凌寒开，廖娘采图寄威海。

梦随斑蝶寻香暖，谁怕窗外积雪白。

二〇一八年十二月二十九日

（廖艳丽亲手栽种的蜡梅含苞待放，她拍摄的照片引人入梦）

咏 松

威海多松枝，葱茏绿四季。

春映白花娇，夏隐千叶腴。

秋月闻涛声，冬雪结花骨。

最爱冰霜时，郎朗玉君子。

二〇一八年十二月十一日

海边赏雪

大雪节气飞柳絮，琼楼玉宇一霎时。

千里堤岸裹银素，万树梨花海吞吐。

二〇一八年十二月七日

（大雪节气威海果真下了大雪）

初雪月

去年长清初雪月，廖娘巧火烹茶赏。
今夕我邀至威海，刘公俱具酌云浪。

二〇一八年十二月四日

卜算子·唯忆君当年

毕业廿四年，再聚千万言。多情华发日渐稀，浑欲不胜簪。

围炉数酸甜，儿女多飞远。千里筵棚珍重别，唯忆君当年！

二〇一八年十一月二十二日

（青岛聚会）

浣溪沙·天上人间

风高霜紧看月娘，半轮娇颜染晕黄。羞向近旁孤星郎。

海水醋恨掀巨浪，浩大声势无心赏。嗔问月娘怎收场？

二〇一八年十一月十七日

班车过北海大桥即景

南天月如钩，北海浮晚舟。

班车东归人，高铁客西走。

二〇一八年十一月十六日

忆济南

济南好，韶华三十年。山师书墨教泽我，儿郎学识青胜兰。能不忆济南？

济南忆，最忆岂名士？易安稼轩词千古，管晏安邦越孔子。文治郡首府。

济南忆，其次原香谷。雪洗蜡梅唤春起，花繁叶密酬四季。酒梦酌邻居。

二〇一八年十一月十一日

（家住原香溪谷）

读《夜宿山寺》有感

浪漫的李白时代：

危楼高百尺，手可摘星辰。

不敢高声语，恐惊天上人。

现实的我时代：

危楼岂止高百尺，电光穿夜隐星辰。

且放豪胆痛快语，司空见惯天上人。

二〇一八年十一月三日

班车外

粉色栾花红枫叶，杨梧银杏菊黄各。

青松蓝天白云朵，黛海赭岛一鸥褐。

二〇一八年十月三十一日

菩萨蛮·阴历九月十五霜降日

霜降适逢九月半，夜空如碧秋水浣。满月临海照，海月相媚好。

西北星几盏，灯柿醉红颜。今宵海月别，再见到小雪！

二〇一八年十月二十三日

卜算子

新住幸福门，刘公岛毗邻。偶起仙雾天涯远，等闲见晨昏。

来自大名府，根本泰岳魂。河清海晏承平日，有暇览古今。

二〇一八年十月二十日

梦江南

晚饭罢，散步幸福门。潮浪拍岸飞雪霰，雷霆万钧摄心魂，斜首半月轮。

二〇一八年十月十八日

晚间威海幸福门散步

左有惊涛骇浪迫岸雷霆响，右首丝竹管弦悠扬婉转唱。

仰望层云卷舒聚散浮夜苍，走青石方砖铺就幸福广场。

二〇一八年十月十六日

踏莎行·读词有感

花间曲子，悲秋伤春。玉润珠玑恁劳神。多情善感侬偏信，山重水复有花村。

诗余苏辛，追古抚今。踏破歌律出新文。真豪雄剑胆琴心，龙泉出鞘有秋瑾。

二〇一八年十月九日

我窗面向大海

我窗面向大海，
不只有春暖花开。
对面的刘公岛，
无论何时
皆秀美如黛。
即使繁华落尽，
有郁郁青松，
四季从不言败。

一直以来，
过去现在
像钢铁卫士那样，
阻挡了千难万险汹涌澎湃，
留给我每天看
温柔浪花
琼珠碎玉踏歌而来！

有洁净海水化白云，

飘游我窗外，

卷舒自如留恋徘徊。

——且伸手随意采！

有海底璀璨明珠化星仔，

点缀天幕夜空大放异彩。

——唾手可任意摭摘！

二〇一八年九月二十七日

天海一缥缃

第一缕海风，
先敲打我窗？
第一掬晨曦，
先吻上我床？
吻醒我，
离别梦乡：
故园的山楂果红得透亮；
檐角桂子雅展莹莹翠裳；
屋前银杏树初试帝王妆。
鼻尖袅袅，
有睡莲的清香。

绕一丝惆怅，
凭窗东望，
惊叹于那瑰丽景象：
刘公岛似墨玉端砚一方，
铺落在细波粼粼的

烟蓝色绸缎上。
海天一线交接上方，
绯霞散绮樱草浅黄。
不知何人神工，
将天海装帧
一帙臻美缥缃，
精妙绝伦独步无双！

屏声敛气的我泪盈满眶，
刹那间——
爱上这新的家乡！

二〇一八年九月二十四日

我与大海度中秋

海上明月中秋圆，守信潮头会涯岸。
亲朋相思通信寄，身携故乡随心安！

二〇一八年九月二十四日中秋节

浣溪沙·情随境迁

二十八年居泉城，名胜古迹路匆匆。笃定随时能相逢。

而今出差到泉城，白天公干夜访胜。深恐机逝转头空。

二〇一八年九月十二日

卜算子·咏柳

旭日东边升，白云蓝天飞。湖借宿雨满秋水，柳眉依旧翠。

迎春第一树，看尽万花归。直到滴水也成冰，才肯歇一回！

二〇一八年八月二十七日

浣溪沙·入秋

东北秋风送夜雨，溽暑势消自兹去。无边落叶铺满路。

天气宜人心头喜，花零枝空眉峰蹙。两全其美痴梦语？

二〇一八年八月十五日

采桑子·咏海棠

一树海棠胜梨花，秀姿绰约。娇羞无邪，春深恐睡胭脂雪。

鲥鱼有刺棠无香，恨自宋说。何须辩解，逢秋枝弯玲珑果。

二〇一八年八月十四日

浣溪沙·过大学城紫薇路

姹紫嫣红紫薇路，五彩缤纷立秋时。不枉十年栽培苦！

百年树人更艰巨！学高身正方为师，诲人不倦义不辞！

二〇一八年八月十三日

长清湖畔行

青山敛妆暮色平，星共灯影落湖中。

人踏石板寻秋凉，蝉鸣柳梢唱晚晴。

二〇一八年八月十日晚

庭院初秋影

西邻凌霄花正红，窗南回廊覆青藤。

东塘鱼潜莲叶底，巷北槐米一层层。

遥望芳草连天地，近闻知了唱单声。

何如春红千万紫？经暑硕果耐秋风！

二〇一八年八月八日

苏幕遮·戊戌立秋有感

昼夏末，夜秋初。蝉鸣密叶，曲高和者稀。帘外白果压枝低，金甲披挂，待到冬风起。

东桑榆，西柳竹。绿肥红瘦，岁岁共此时。眼量阔广缘风物。人生恁短，且行且珍惜！

二〇一八年八月七日

明日立秋·夏末庭院

我家绿窗纱，银杏玉兰花。
雏菊槿秀开，紫薇吐艳葩。
牵牛落竹篱，杨柳掩红瓦。
睡莲似伊人，薰衣伴苣麻。
青藤须绕廊，金槐邻白蜡。
苦苣玉搔头，海棠果山楂。
桃李杏荚蒾，羞望丝瓜架。
鸣蝉唤锦鲤，朝云逐晚霞。

二〇一八年八月六日

卜算子·伏天新居读新书

新居修饰中，无锅也无醋。聚精会神旧章句，快递送新著。

著者赵又春，经典别趣读。通览其书心气静，窗外值初伏。

二〇一八年七月十三日

卜算子·午后

帘外一树杏，海天白云静。小雀垂涎唤友朋，叽喳议论声。

试飞前后檐，落枝有困难。铩羽垂尾终分散，风过香满院。

二〇一八年六月十八日

自然之书忘情读

天地自成书，不必刻意读。
偶然抬倦首，无处不章句！
心神俱沉醉，浑然忘囊躯。
人生乐与苦，其实云和土！

二〇一八年五月二十二日

（戊戌年小满翌日，威海连绵下了一天的小雨，傍晚歇止。不经意瞥见远山如黛、白云出岫、苍天青秀、厚土千里，顿时尘俗两忘、心旷神怡，与天地融为一体）

我是一棵小草

我是一棵小草，
不惧枯萎，
不却青袍，
尽享大地母亲温暖拥抱。
甘愿映衬花靨娇，
坐看流岚霞彩东隅早，
仰观山抹微云别晚照，
随遇而安兮顺应自然之大道。

我是一棵长脚的小草，
勇闯天涯兮追逐海角，
踏破天荒兮欲穷地老，
承海啸来袭浊浪滔滔，
历雪崩压顶地动山摇。
江南莺飞花生树，
敕勒川风吹穹庐，
春江花月夜浩渺，
大漠孤烟落日皦。

最终在雪山巅峰落脚：
灵芝草！

我是一棵爱思考的小草，
对华夏民族的历史追根究底，
譬如，盘古开天辟地的巨斧
究竟放在哪里？
记忆里有三皇五帝的丰功伟绩：
羲皇结绳结网兮画卦革俗，
神农尝草试药兮授食五谷，
仓颉造字鬼夜哭，
黄金时代尧舜禹。

文武周公兮父子三人制乐礼，
薪火相传至仲尼，
编《春秋》删《诗》《书》，
设绛帐始授徒，
弦歌不辍荀孟继，
定于一尊董仲舒。
伴农耕文明二十个世纪，
至一九一一！

儒家为柱兮不为独，

诸子百家兮相辅相成，

华夏民族缘忧患兮落落起起

——至今屹立！

侬草读诗书，喜新不厌古。

人生四十七，天命正当时。

会当凌绝顶，一览众山低。

和而不同兮周而不比，

庄周梦蝶兮我梦班昭曹大家（姑）！

二〇一八年五月十一日

卜算子·君子三戒

人生难自主，晴少多风雨。各种诱惑所谓色，戒之少年时。

壮年血气旺，禁斗敛脾气。老来勿贪圣贤语，修身君子儒。

二〇一八年五月三日

（读《论语》有感）

有故乡同仁欲来威海

春雨绵绵倒春寒，棉衣纷纷几层穿。

寄言来海故乡人，外套随时备手边。

二〇一八年四月二十四日

雨夜晴晨

花褪叶底桃实小，宿雨凝露挂松杪。
云开雾散晨风至，榆钱老枝一飞鸟。

二〇一八年四月二十三日

家住菊花顶

杨柳榆槐毗邻居，丁香山樱核桃树。

菊花顶上谷雨后，皂角松柏山茶竹。

二〇一八年四月二十三日

百花谷雨开威海

烟雨迷蒙固然好，春光明媚惹人笑。
碧海蓝天寻常色，诗酒年华须趁早。
济南花色未及赏，耿耿于怀魂梦绕。
千红百绿满威海，春风吹暖谷雨到。

二〇一八年四月二十日

戊戌春天的花树

坡南畦畦油菜花，风暖日丽趁时发。
山阴青桐不相争，气定神闲欲着芽。

二〇一八年三月二十三日

春分高速路即景

杨花向天笑，柳枝曳地娇。

杏白谢红梅，迎春黄连翘。

二〇一八年三月二十二日

仿古摹真

朝辞威海潋滟天，千里平原半日还。

南田北陌麦苗绿，高铁一啸到济南！

二〇一八年三月十七日

园博园南湖观轻轨

东山自古瞰湖兑，西飞高轨通南北。

仰观丽日散薄云，千顷花木待春雷。

二〇一八年二月二十一日

书之德

我只是把孤单献给书册，
却还给我乾坤日月。
索丘坟典，子说他说，
来我心头做客；
教我处俗世生活：
大千世界，
以心换心，
他和你我，
必得人间和谐。

二〇一八年二月十八日

春节晚上静悄悄

春节的夜晚，
走在宽敞的丁香大道。
左有心爱家园，
右边是亲爱的学校。
天幕上的繁星，
像果子挂在树梢。

高高的路灯，
将我身影照耀。
耳边偶有车响，
越远越显呼啸。
而后周围
静悄悄。

有翦翦凉风拂鬓角，
我却分明看到：
扑面滚滚春暖潮！

二〇一八年二月十七日

腊月十五观月全食有感

腊月望月悬东方，初满无缺涵明亮。
前人臆测天狗食，今知地球挡光墙。
传说美丽凭神秘，实则巧缘引力场。
几多奇观演天帐，太阳未憩隐西方！

二〇一八年二月一日

腊八节庭院·木绿花发

滴水成冰节，窗前梅花开。

嗅香黄萼前，觌园多良才。

女贞广玉兰，四季不言败。

石楠万年青，翠竹邻松柏。

二〇一八年一月二十五日

冬至的思念

威海、成都、济南，
冬至潜阳的思念
该如何排遣？
借北方的饺子南方的汤圆。

邻家树梢一抹月弯弯，
添寒夜一丝温暖。
红泥火炉前，
饮相思薄酒一盏。

虽有距离产生美感，
怎比围炉相谈欢？
才下眉头，又上心尖，
凭寄松烟红笺。

别时容易相见难，
再聚首
竟是新年换旧年！

二〇一七年十二月二十二日

相思结

程新航

风萧萧，
叶飘飘，
远客望阙月皎皎。
路迢迢，
舟遥遥，
寒鸦不晓搭鹊桥。
时值节冬念春晓，
佳期如梦待青鸟。
云鬓梳举案齐眉，
晓镜着与子同袍。

伴君侧，
千日少；
去卿时，
点难熬。
与卿既结秦晋好，
万里江山咫尺，
冬夜亦作春宵。

闲 聚

下弦月，

立冬节。

披霜撷黄花，

把酒尝蘘萝，

烹茶煮红叶。

晚聚廖家堂榭。

二〇一七年十一月九日

安居乐夜

霜鸦无啼月中天，隔窗银杏共酣眠。

一枕沉梦灵岩寺，东儒西佛不谈玄。

二〇一七年十月三十日

（夜读《老子》有感）

相思谣

程新航

归期还未有期，

蝉鸣过、枯荷听雨。

永翠妆楼，金声暮里，陈迹犹新。

金樽清酒，换盏移情，顾茫然意。

众里寻她去，

阑珊流萤，

人无觅、叹天意。

常言清辉万里，

携长风、纵君斯忆。

秦关汉阙，郊原浸血，男儿主意。

豆蔻花黄，二八蛾眉，双十云鬓。

待重头开始，拂了前事，

句句叙儿女曲。

天净沙

流苏绿窗萝纱，
红叶银杏黄花，
偶逢深秋朝霞。
心情颇佳，
老歌书卷闲茶。

二〇一七年十月二十九日

今调苏幕遮

油菜花，
银杏叶，
春头秋尾，
山河着金色。
去日梅朋今菊侣，
浩繁卷册，
胸罗何其多。

惊蛰雨，
重阳日，
物换星移，
神州处处喜。
昨日风流俱往矣，
今朝你我，
潜谱华夏曲！

二〇一七年十月二十七日

金融学子蜀山思

程新航

蜀绣织河山，流岚绕锦旗。
残夏金声初起，雁去鸦昏藤棘。
云絮逐月天外，烟霞新日暮里。
我见诗情从鹤起，排云之上沧溟去，
不如你。

行课如蚊密，金娘忘湖堤。
汇金千家谓融，日会千册为计。
书山有勤为径，情海无涯做壁。
曾向三生石上觅，前尘来世混沌里，
今生忆。

二〇一七年十月九日

秋　分

晴空无云碧海天，枫叶初红菊蕊浅。

栾花横空胭脂醉，笑对垂柳缘水眠。

二〇一七年九月二十八日

蜀山秋夜

程新航

巴山松入云，蜀水菊泣露。
清风雀音远，叶落蝉觳觫。

秋夜即景

星月共天幕，萤萤恋草露。

斯人登高楼，古风摇今树。

二〇一七年九月十日

自驾奔波两校区

朝辞威海新校区，初次狂奔高速路。

长清晚霞情脉脉，烁烁华彩迎故主。

二〇一七年八月二十六日

（初次驾车上高速，途中与一大货险酿事故，到家见晚霞热泪盈眶）

点绛唇·庭院初秋

薇绽三夏，槿含娴雅素迎秋。睡莲锦鲤，绿水凝澄畔。

竹影摇风，山楂果薄羞。银杏秀，绿肥红瘦，海榴抿笑口。

二〇一七年八月二十日

点绛唇

程新航

一纸无言，
轩窗帘幕透新弦。
银河岸遥，
扁舟去经年。

既别岱宗，
又辞蜀道险。
滩涂地，
离别时节，
细雨润红笺。

二〇一七年
上海调研

庭院仲夏

夏日庭院花容瘦，果密喜偎绿靥稠。

帘内清茶祛溽热，倦枕诗书一梦悠。

二〇一七年七月二十五日

新调永遇乐·游白洋淀

万顷水波，
千丛蒲苇，
百舸争流。
康熙巡守，
异域风情，
无非生意秀。
小兵张嘎，
打“三包”船，
历史铭刻心头。
纪念馆，
抗日岁月，
保家园鲜血酬。

荷叶清圆，
菡萏吐葩，
月桥栈道不休。
五颜六色，
千姿百态，

一时倾心某？

孙犁像前，

写生画莲，

芙蓉诗友绿柳。

雁翎队，

舍生赴死，

只为今秋！

二〇一七年七月二十二日

游野三坡白草畔

薄云轻雾白草畔，奇花异果倩峰险。
巧结索道通天梯，山脚茶烟香山巅。
白桦树杪松鼠憨，远岫翠黛摩天沿。
三坡野性自质朴，京都南面第一关。

二〇一七年七月二十一日

新调浣溪沙·庭院暮春

鸢尾花开近池塘，山楂花香蜜蜂忙，荚蒾花放欺雪霜。

偶闻杜鹃唤春归，却喜叶密莺暗藏，紫藤覆架荫晴阳。

二〇一七年四月二十五日

卜算子·海棠

梅杏春分浓，海棠春睡醒。花期旬半过清明，友邀桃花红。

贴梗嫩寒生，世爱西府种。独怜六棱初著粉，终胜梨花情。

二〇一七年四月七日

清明雨洗花枝

天青色垂雨丝，
海棠染胭脂，
浅深桃红满山谷。
杨柳枝新绿时，
松针团露滴，
迢递雪润梨千株。
玉兰高石楠低，
丁香搦秀紫，
逶迤连翘绕塘浦。
杏叶密榆钱稀，
玉簪铺地衣，
绵延国槐护街衢。

二〇一七年四月五日

清明祭·一门三烈士

在丹凤小区，
见识了三烈士的风骨。
散步芙蓉路，
发现了你们的陵墓。

在这个特殊的日子，
我徒步而来与你们会晤，
我不喜欢冥币，
那是应该废弃的旧俗。
沿途虽有花色无数，
可我不愿乱折枝，
我只想静静地双手合十，
向你们倾诉满腔的感激，
愿你们地下长眠安息！
可是，
面对墓碑上的血泪文字，
我的千行热泪再也难止！

当年崇祯的吊死老树，

为明王朝赢得尊严和荣誉，

怎和你们堪比？！

恨我文墨粗疏，

不能写精美的诔文诗赋。

泪眼中你们化成了春风细雨，

滋养了这漫山桃红千株！

好在我于附近居住，

明年清明再来此地，

哪怕满袖风雨！

二〇一七年四月四日

银杏油菜花

昨日银杏披金甲，今朝油菜花满坡。
数九寒冬何曾过，人生春秋一盏茶！

二〇一七年三月二十一日

阴历二月二园博园即景

日出水蓝长清湖，雀啼芦荻芽欲吐。

万千柳丝正待命，东风令下关山绿。

二〇一七年三月二日

蜡梅花

清丽淡雅蜡梅花，日影西斜香我家。
昨日残冬那场雪，甘裁宣纸邀入画。

二〇一七年三月一日

谢爹娘

程新航

国是共举为爹娘，个中辛勤未成章。

儿今远行邑西南，恩情聊表作佳酿。

二〇一六年六月十二日

思　念

想你，

在阴雨连绵的深秋夜晚。

看来，

不只我一人对你思念，

还有这流泪的山川和自然！

想你时，

把你的录音聆听一遍又一遍，

不经思量，

发到朋友圈邀请点赞。

深思量，

对朋友如多羞惭，

却抵不过，

对你深深的思念！

二〇一六年十一月一日

（济南初冬阴冷的雨，十分想念远在成都的儿子）

我不想忧伤

我不想忧伤，
细雨纷扬的晚上；
痴痴凝望，
梧桐枝桠滴水铃铛；
蔷薇花谢，
枝逸路旁；
玫瑰花圃，
无人欣赏。

我不想忧伤，
朋友离别的晚上；
痴痴凝望，
美人芭蕉孤独苍凉；
孤雁冲霄，
弦歌断肠；
溪水凝噎，
泪眼迷茫。

我不想忧伤，

残红褪尽的晚上；

痴痴凝想，

芳华过半憔悴惆怅；

昨日覆水，

烟花流觞；

孤舟一桨，

梦在远方。

我不想忧伤，

没有月亮的晚上；

痴痴凝想，

缘何彷徨？

恁般迷惘？

沧海桑田，

山高水长；

浅唱低吟，

来日可方长？

来日方长！

二〇一六年八月三十一日

哦，我美丽的校园

踏进大门，
脚步该迈向哪边？
铮铮硬骨四季青，
八方四面，
宛如青春不老，
岁月青葱的肝胆。

移步明德路，
完满一个圆：
左拥三角枫右手法桐站。
深秋时节雨纷纷，
桐果婉奏霖铃篇，
南湖略驻足残荷敲雨韵。
莫道西风紧，
愁凉秋——
也有枫叶缀红裙，
金菊傲山林！

即使寒冬雪纷纷，

银装素裹的校园，

妩媚冰清各五分；

如若走到运动场，

雪仗打得欢，

笑语震天——

哦，

年轻人，

校园的魂！

校园更美在夏春。

蜡梅香浮柳笛儿声紧，

次第花繁草如茵。

夭桃红，

玉兰银，

荆紫樱嫣海棠粉。

四月油菜戴金冠，

五月槐花甜。

附槛蔷薇作篱帐，

金银花开教室旁；

芍药玫瑰吐芬芳，

美人芭蕉百日红；

波斯雏菊列锦墙，

一弯梨花月；

几枝藕花水中央！

秋虫唱晚前欢送毕业哥，

流萤翩跹时军歌彻天响。

新鲜的美丽盈校园，

一腔钟情意，

共谱明天华丽章！

二〇一六年八月二十五日

交通学院四月天

油菜金喧笑两岸，玉颈碧翠俏湖畔。
堤柳拂秀绿水暖，海棠羞香凝娇艳。
一座索桥白玉兰，余晖霞彩媚三山。
机飞车鸣船扬帆，交通学院四月天。

二〇一六年四月二十七日

（写给长清校园）

情人节·致最初的太阳

当年，你如
一轮霞光四射的太阳，
低在尘埃里的我只能偷偷仰望。
你无意的一句话，
不经意的眸光，
在我心海掀起滔天巨浪。
偶尔偷听你悄悄议论心仪的姑娘，
我暗自神伤，
世界一片悲凉。

而今，
我静静坐你身旁，
看你和她双手相握，
越来越像的夫妻面庞，
有幸福在我心田荡漾。
因为，
我也来到银河边上，
与你

平等对望。

几十年挫败的悲伤，

已流入远方的海洋。

我

依然感佩我当年的目光，

你

永远是我心上那轮

霞光四射的太阳！

二〇一六年二月十四日

情人节·致你

你

在何方，

过得怎么样？

当年

我究竟伤害你有多深地，

几十年藏在我看不见的人海茫茫。

我

一再深深思量，

向你致歉，

当时的直白和莽撞。

你对我的喜欢，

已成为我珍藏的荣光。

情人节的晚上，

埋一块巧克力，

在你伤心的地方。

祈祷你的身影，

出现在同窗会上，

相逢一笑，
恩怨抛给理不清道不明的
年少时光。

二〇一六年二月十四日

写给校车

假若我是音乐家，
会谱一曲校车之歌
在冬青树温柔的目光里：
送走了骄阳炙夏，
踏穿了皑皑白雪，
看淡了明媚春花，
渲染了金秋枫叶。
曾慨叹——
朝霞夕阳的绮丽绚烂，
晶莹露滴的婉约笑脸，
更笑傲，
迷雾漫天风狂雨乱、
披星戴月的艰难！

穿梭起一架瑰丽的
霓虹桥梁啊，
两地师生
碰撞出知识的火焰！

二〇〇九年五月

校园夏日·不惑园

青藤覆山山不见，雪荷出水水戏滩。

风过瘦柳柳起舞，雨洗肥榴榴开颜。

二〇〇八年八月

校园夏日·长清

蓝天白云戏碧水，青山绿竹窥红墙。

峰回路转鸟鸣脆，花荫深处书声香。

二〇〇八年七月

新调踏莎行

知了高唱，
红歌绿酣，
车轮滚滚渐行远。
君去千里依大海，
居人孤影天上雁。

喜逢春雨，
恨别日炎，
楼高独倚离情缠。
西风无言徐徐过，
吟我思念诵海边。

二〇〇六年七月

（和轮机 051 的同学们，名为师生，实则朋友。炎夏时节他们搬往威海，目送他们离去的我，惆怅落寞了好长时间。一阕词，既表思念，也祝其在新的城市有个良好开端。还想对亲爱的同学们表示：学校，乃其家；师者，亲人也）

校园早春（一）

绿荫未浓怡耳目，花鲜缥缈香心扉。

书声拂晓敲林樾，蛙鸣间或唤斜晖。

二〇〇六年二月

（早上漫步不惑园，闻晨读有感）

校园早春（二）

紫燕剪柳笛，舍前海棠闹。
绿虫荡杨枝，阶边樱花笑。

二〇〇六年二月

（深深怀念交校路5号校区医院东边三树海棠花）

梦里梅香梦外雪

散文篇

亲爱的程年兄：

辗转了多少日月，终于找到了这个称心如意的称呼，于是乎昨宵畅快酣眠，因思虑过度而霜花的发丝有了转黑的迹象！

这可不是矫情！

1990年的秋天我们成为同班同学，按学校的江湖规矩，在宿舍序齿排行，你被称呼为老三或三哥；碰巧，你们宿舍和我们宿舍是联谊宿舍，除了碍于面子的我们老大喊你小三外，一律喊三哥。后来，你成了全班同学的三哥。当时的我们，两心各有所属，和其他同学一样如此称呼你心安理得。

虽然直到今天我也没明白两个性格迥异的人怎么就走到一起了，但是，当我们两颗心只能容下彼此时，再和其他同学一起称呼三哥，感觉没有优越感和特别之处，心中难免有些耿耿，到底意难平。

指名道姓必是冒犯之过，这么多年来，气愤难当之时才恨恨而呼。免姓呼名？你给我的第一印象就像稳重的大山一样值得尊重，就像沉稳的兄长一样值得信赖，

需要至少 15 度仰角相望，称呼名讳无法表达心底自然流淌出的尊敬之情。

也幸亏当时我们谈恋爱的形式与众不同独树一帜：你有你的红色粉丝和朋友兄弟，我有我的蓝颜知己和不渝闺蜜，除了上课能一起在同一间教室听同一位老师传道授业解惑，课外生活处在不同的圈子。有好多不知情的同学给我们乱点过鸳鸯谱，正如梅同学所说，“你们俩就像战争年代的地下革命者，没有谈恋爱的气息。”

两人独处时无须称呼彼此。而知晓我们俩秘密的姐妹们和我一起揶揄得称呼你为“某个人”。那时，二八芳华已过不再青春年少的我们，还留有青春的羞涩和神秘，还是个把大学谈恋爱视为不很正常、唯恐别人看不习惯瞧不起的时代，还是个把别人的眼光和看法放在首位的年纪！

毕业后，单位的老教师亲切地称呼你小程，和他们谈到你就随着他们的称呼；陆陆续续好多学弟学妹成了同事，他们喊你师兄，我也随口称呼程师兄。看过《笑傲江湖》后，很想称你为大师兄，但是我们可爱的敏敏学妹喊你大师兄的声音甜美可爱，我也只好把这一称呼让给她了，再说不管先前任教的高中还是后来调到大学基础部，在专业上确实有当得起我喊大师兄的另外人选。

1995年的秋天，两个离开家乡在泉城相依为命的孤家寡人领到了红彤彤的结婚证，至今没举办婚礼的我们真正成了一家人。你向年长者介绍“这是我媳妇小王”时，我因为脸皮薄不好意思而已，若让我用“这是我女婿小程”向别人介绍你，打死也说不出口，有辱没你的负罪感。你在我心目中就是一家之长，是我们小家庭这艘小船的舵手，是武侠小说里南上北下走镖护镖的大当家，是战场上发号施令的指挥官。或许男尊女卑的封建思想残存在潜意识？抑或如张爱玲说过的“遇见你我变得很低很低，一直低到尘埃里去，但我的心是欢喜的，并且在那里开出一朵花来”？

冷静、理智、执着地思索了许久许久，追根溯源到那一次——长廊墙报展览。展示了咱们系部一众笔杆子们那么多文采斐然的文章，真个尽力绽放青春的激情和华彩！一匹“黑马”的你写了散文《枣花》，文短情长，朴实中蕴涵隽永，枣树深深扎根的乡土，没有莫言、贾平凹等大师笔下泥土的厚重带来的压迫感，文采也没有同龄人挥毫青春张扬个性带来的轻狂。我读完这篇文章的第一印象——“质胜文则野，文胜质则史，文质彬彬，然后君子”。一簌簌“苔花如米小，也学牡丹开”的风落衣襟的枣花散播了泥土特有的芬芳和清香，展示着昂

扬向上的勃勃生机，同时我感觉到了写作者的沉稳内敛，仿佛有一股潜在的力量正源源不断连绵不绝而来，厚积薄发蓄势待发之势不容人小觑。

其时，正因为我们两心各有所钟所慕，所以才能有客观纯粹的感悟。透过文章的字里行间，我发现了一颗灵魂，无所谓高贵平庸，只是真真切切地感觉到这颗灵魂在的位置比同龄人，包括我，高了些许尺寸，即使触手能及，也需要我站直身，抬起手臂，或者跳跃一下，才能接触得到；如果不想碰触，只想看得到，就需要一定角度的仰视。试问，大千世界，芸芸众生，一个人有多少机缘能映照到另外一个人的灵魂？天生愚钝的我，何其幸哉，刚刚从十六七岁皆为梦幻色彩、因无知少知而懵懂天真的虚幻境地拔出脚跟，迈进了十八九岁青春岁月的门槛，在未经世俗熏染的大学象牙塔里，透过光怪陆离重重迷雾般的现象，看到了你的，需要我仰视的精神世界！

那个年代，从农村走出来上大学的孩子最尊敬信赖的人是老师。辅导员李老师是我最敬爱的师长，因为这篇文章你就成了我大学里最可信赖的兄长。凡是你组织、主持的活动，我都心甘情愿地积极参加参与，和其他同学一样，“信三哥，没的说！”

后来，我们莫名其妙的越走越近，最终，你选择了我，我选择了你。固然有你所说的那个原因：女生剩下了我，男生剩下了你，只能我们俩互相凑合在一起。细细思量，最大的缘由应该是：两颗心逐渐靠拢、慢慢接近，这个过程符合你含蓄内敛的个性，也符合我对“两情相悦贵乎自然”“细水长流”般爱情的向往和追求。

小说《傲慢与偏见》有一章节，达西为向伊丽莎白求婚而征询班内特先生的意见。之后班内特先生和钟爱的女儿伊丽莎白有一段对话，其中有一句“除非你能真正敬重你的丈夫，认为他高你一等，否则，你不会觉得幸福”。伊丽莎白再三解释表白她因为达西的人品好而真正敬重他，这位爱女心切的父亲才完全同意了两人的婚姻。

虽然我不是聪慧的伊丽莎白，你也不是拥有万贯家产的达西，但是，你却因为你的才识和品行让我仰慕，当你向我伸出橄榄枝，受宠若惊的我，一方面虚荣的少女之心得到了极大满足，另一方面心下永存感激！

正因为如此，人间烟火里结为夫妻的你我，即使享受着俗世生活的男欢女爱，却也始终存在一份超越世俗的精神友谊，让我不肯把通俗的称呼加诸于你，比如“男朋友”“对象”“老公”，哪怕传统文雅一些的“先生”“相公”“丈夫”也不合适。真心喜欢的一个词“外子”，仅仅和台湾环球科技大学的简女士 QQ 写信时用过，其他没有合适的场合，只好把它保留在心里。

十多年来无可奈何之下必须向现实妥协的称呼就是你“航（霸）爸”，我“航母”。随着“儿大是客”“多年父子成兄弟”，我们家那位“尊贵客人”“特殊兄弟”去远方游学，我们俩又回到了最初。目送他踏上远方的征程，你说有一种自己已经踏过了千山和万水，归来依然是少年郎的感觉。

既然还是少年郎，怎么能称呼“老伴”？

一直以来悬而未决的问题在昨天晚上读《三言二拍合集》时受到启发：“程年兄”，既体现你是我尊敬信赖的学长，也代表我们曾同窗共读。好吧，再加上“亲爱的”三个字，对于从不说爱的我们是有点不好意思，不过，豁出去了，“亲爱的程年兄”，总不会有人抢走了吧。

有了这个称心如意的称呼，夜里酣然入睡，连梦都没有，感觉因忧愁发白的黄毛乱发有了转黑的迹象！

再跟你重申一遍：这可不是矫情！老话讲究出师必须有名，名正才能言顺。这样的称呼让我感觉到在家庭的地位有大幅度地提升，说话的分量增重许多。

亲爱的程年兄，我们携手共进的二十多年的岁月，马不停蹄向前狂奔，有苦累酸涩，甜蜜欣慰，回首也算无憾：公婆尽享天年寿终正寝而去；儿子长大成人，基本具备成家立业另立门户的能力（马上要大三了，我们就是凭借大三大四家教积攒的几百元白手起家，相信他比我们能力强）；我在工作上无功也无过，顺顺利利；你能够在一个部门担当重任；若说家庭经济，车房有保障，也算得上仓廪实知荣辱衣食足识礼仪，对美好生活充满无限憧憬和向往。

有赶上了国家和平发展的大环境的原因，也有不懈努力奋勇拼搏致力前行的人为因素。也正因为实现这一目标的不容易，付出了太多辛勤的汗水和数不清的心力精力，所以才有“好男不吃分家饭好女不穿嫁时衣”的自豪感和成就感，也奠定了前路无困难、没有过不去的火焰山的信心和勇气。

在中国像我们这样的家庭何止千万，为什么有的出现了两个人的感情之舟搁浅，甚至婚姻触礁沉船？呼应了我们乡亲常说的话，“搁着好日子不过”“夫妻可以共患难不能同享福”。

众多原因中的一个，培养儿女成长过程中两个人能够同时同向把目光投向儿女，同心同德心心相印；儿女一旦长大，重回二人世界，目光变成了互相对视。年轻时互相对视看到的全是彼此的优点和长处，现在看到的多数是对方的短板和不足。二十多年相濡以沫并肩作战的岁月里自觉不自知地把对方当作了自己的一部分，本来是

好事，却也因为太过熟悉亲密，难免产生求全之毁不虞之隙，往往自以为是地把自个儿的想法看法当成两个人的想法看法，下意识地认为对方必须这样去想去看才对，缺少了必要的交流征询沟通，无意之中变成了酸侣怨偶。

这个年龄，压力大得世界都闻名的中国男性，为事业拼搏得精疲力竭，回到家需要解语花般温柔的抚慰；很不巧，这时的女人正值或正走近更年期，跟自身无缘无故而来的忧惧疑忌做激烈斗争，也需要他人的宽容和体贴，哪有精力和心情开花解语？

亲爱的程年兄，我为你想到了释放工作压力的好方法。你具有一流厨师的“良”能，以后，我会把咱们家的厨房放心地交到你手上。按照常规，酒店和饭庄的厨师不被允许采购食材，提防他从中赚差价。我会对你百分之百放心，你想买什么就买什么，想做什么就做什么，想怎么做就怎么做，随心所欲，是否逾距无所谓。即使你用过的厨房里物品家什摆满一屋、杯盘狼藉乱七八糟，我也会看在你做饭的份上不做计较，默默地给收拾利索整齐。

其实，对付更年期我也有妙策，只要得到你的允许万事大吉。就是关于我的职称，我真心不在乎是进还是退，只要把该做的工作尽职尽责认认真真做好，对得起相应的工资，心安理得即可，为什么非要写那些对我来说言不由衷的学院派论文？对于把“争之必然得之安然失之坦然顺其自然”作为处世箴言的我这个老庄道家学派的人，你就是拿着大皮鞭在后面把我打死也做不到“达则兼济天下”。一来，没那份能力，二来，我认为若每一个人都能把自家门前的雪扫干净的话，那一定是天下太平世界和谐。

属于“天行健君子以自强不息”积极入世的孔孟学派的你，是不是担心咱们俩“道不同不相为谋”以至于分道扬镳？

唉，这种担心完全没必要嘛，儒道两家的源头都可追溯到《易经》，可以认为“此两者同出而异名，同谓之玄，玄之又玄，众妙之门”。

“生命诚可贵，爱情价更高，若为自由故，二者皆可抛”的时代已经过去，今天，生命可贵，爱情价高，自由重要，完全可以三者兼顾。前几天看到一位西方哲人说的话，“人生的目的和价值就是人生本身”，我的解读和人本主义学家罗杰斯一样，“人生的目的和价值就是成为自己”。试着把“本我、自我、超我”和谐统一，把“物质的我、精神的我”和谐统一，这不正是一个人来到世上走一遭的目的和最大自由吗？

亲爱的程年兄，不知道我们的前生是不是西方灵河岸边三生石上的旧精魂，后世还能不能相逢，但我认为我们俩的这一世能够携手实现这个目标，你说呢？

二〇一八年六月十六日

幸 福

应久未见面的闺中好友之邀聊天，心疼她面容憔悴，开解她不用为即将高考的女儿焦虑不安。她说近期的操心劳累是因为老家的母亲在医院住了一个多月。两个女人叽咕了一个中午。分别时，她说多羡慕你呀，孩子念了重点大学是一回事，关键是父母身体健康不用操心，真是幸福！

提到我的父母，老爹77岁，老妈70岁，地地道道的俩农民，一辈子和庄稼打交道，分别为长男长女。闹饥荒的年头，他们都是家里的主要劳动力，为了家里兄弟姐妹的生存，只好辍学回家，和他们的父母一起下地干活，以求养家糊口。据这两位连小学都没毕业的人自我夸耀：辍学时老师上门做家长的工作以挽留他们能继续念书，最后不得不念叨着“太可惜了、太可惜了”失望而归。或许当年老师的这一行为捍卫了他们的尊严，使他们身上长了几根傲骨，穷得叮当响的他们凭不停歇的双手、吃苦耐劳的坚韧以及数不清的汗水供我们兄妹三人都考上大学，同时教导我们与人相处时应以忍让为先。

比他们年龄大很多的公婆在世时，每当我给他们打电话，听到的第一句话肯定是“那边大哥大嫂都挺好吧”；每当要给他们买衣服时，听到的话总是“先给那边买吧，我们还年轻，能自个儿挣钱买”。过年过节时他们最高兴的事就是我在婆家给他们打电话拜年：他们用公婆听不懂的淄博桓台话问好，公婆也用他们听不懂的济宁金乡话寒暄。我的任务自然是给双方做做翻译。坚持不在闺女家住的老爹会因为公婆来济南专程过来拜访，然后当天赶回自个儿家去。我笑对外子说两家翻个了，怎么觉得我家是鲁国的，你家是齐国的，因为我家的礼数比你家多得多。外子应道：“老人家心里想这样做，实际他也做到了，他很满足，肯定体会到了幸福！”我也不好跟他争论“子非鱼焉知鱼之乐”和“子非吾，焉知吾不知鱼之乐”。

公婆下世后，我反而给父母打电话的次数少了。老爹的耳背越来越厉害，以至于抓起话筒能听出我们是谁，却听不清我们说些什么，老妈成了传话筒。不善言谈、懒于理会俗务的我没耐心听老妈絮叨七大姑八大姨们的家务事，而她也不懂我的工作、不认识我的同事，我们娘俩没有共同语言，不在一个频道上。再说，老家的事，我们兄妹三人经常沟通商量，很容易达成一致意见。

好友的话触动了我。晚上九点拨通了电话，我刚喊了声老妈，那一头已经用熟悉、愉快的语调传话了：“是闺女！白天我这心里还念叨她，晚上就打过来了。”传话的同时炫耀一番她老人家的超强心电感应。

等我问他们正在做什么，那边开始长篇大论：“你兄弟（我弟弟）和牛牛（我小侄儿）刚走，俺俩正在看电视。自打入冬，一到晚上不是你哥下班后过来就是你兄弟带牛牛过来；阳历年那天小润（我大侄儿，回老家前在济南我家聚会过）来聊了一个多小时……”

我选了个合适时机夸家里真热闹，顺便说出想做的事：“打算给您买衣服，你喜欢什么颜色的？”“千万别买了！我的衣裳满橱子、鞋满柜的，都没地方放了！你嫂子给买的棉裤，你弟妹给买的外套，都还没穿呢。”母亲不给我说话的机会，“现在的日子已经不是你们小时候了，衣裳铺盖不缺，吃的喝的不缺，钱也花不了，你上次捎来的还没动呢！”“老爹需要什么？”只听那边刚把话传过去，老爹就忙说：“什么也不需要！让她把女婿照顾好！”我心里说，哼，就是您老人家天天给我灌输这种思想，才让我在我们家一直以来没什么地位！

上一次打电话老妈说自从航航（我家儿子）上大学，他们老两口每天晚上都看全国新闻联播和接下来的全国天气预报，成都哪一天刮风哪一天下雨都清楚。自从小

程（我家外子，在他们眼里还小）去了威海，他们接着看全省新闻联播和全省天气预报，威海已经下过几场雪、雪下得大还是小都知道。真是两个大忙人！

最后我劝诱说："有没有那种大娘婶子都有，你很羡慕也非常想要的东西？除了吃的喝的穿的，像金银首饰也行，以我现在的经济条件买得起。"那边答复："金耳环让人盯上说不定把耳朵给拉下一块来，戴金项链还得露着个脖子，戴上金戒指、金镯子干活不方便……"可能怕我纠缠，她做了总结，"俺和你爹啥也不缺，你不用担心，俺觉着刚（请念成三声，我们地方方言，程度副词，表示非常地、特别地、极其地，念得越狠越能表达到位）幸福来（语气助词，相当于《楚辞》里的兮）！俺虽然是农民，可也能领养老金，都领了五六年了，过年还给发油盐米面，几千年来才有的好事让俺赶上了，政府真好！俺比你们这些上班人的日子好过，你们不管刮风下雨都得上班……"

挂上电话，从心底轰然涌腾而出的感动淹没了我整个人，不由自主地思索让他们感到幸福的根源：固然有我们兄妹体谅老人，不仅做到物质上不匮乏，而且顾及他们的自尊。父母一辈子都在为儿女付出，几十年来形成了强大的心理定式，那就是他们一直是儿女的依靠，是子女们需求的提供者，是强大的一方。可到了某一天他们必须向儿女张口伸手，那就意味着真正老了，好多事情已无能为力。不仅不再被需要，他们还会认为自己成了儿女的累赘，这对他们的精神打击是巨大的。能坦然地向儿女伸手要钱的老人在中国并不多，请做儿女的体谅老人的心情，维护他们的尊严，别等他们向你张口了才给。再就是，你给了父母，不要计较钱用到何处去了，哪怕打了水漂，也要让他们有支配权。

从老妈的絮叨中，我知道了让他们觉得幸福的最大原因来自国家，哪怕国家提供的福利微薄，也让他们感受到了种一辈子庄稼原来也是一份有价值的工作，老了没被社会遗忘和抛弃，在儿女那里他们还是有经济基础的，政府就是他们的大靠山。人有了依靠就会心有所安，心有所安就能安居乐业、幸福和善。农民领养老金，开天辟地以来的第一次，我父母认为这是天下第一大好事。他们赶上了天下第一大好事，自然感到惊喜和幸福！我们家乡最让老头（老太）眉飞色舞的话就是当面夸他（她）：您真是个有福气的老头（老太太）！如今，领了养老金的农民老妈比较洋气："俺刚幸福来！"（请注意刚的发音）

她的幸福如此具有感染力，异地的我感受着她给我带来的快乐和温暖，让我情不自禁地暗下决心，我一定要幸福地生活工作，把快乐传递给其他人，像他们热爱土

地一样热爱我的工作岗位，像对待亲兄弟姐妹一样友爱我的同事，像对待自家儿子一样关爱我的学生。无论如何，我作为一个高校的党员，觉悟怎么也要比我家那位小学都没来得及毕业的农民老太太高上几个层次吧。

蓦然，耳边响起季羡林老先生的话：天下第一大好事是读书。所以，亲爱的朋友，只好说声后会有期了，因为，我要去体验一个书生最幸福的事——读书去也！

二〇一八年一月五日

诺　言

包装盒上的图案怎么显得如此精美别致？女人的视线再也无法移开，不得不放下手头的活计，找出剪刀，坐到桌案前仔细裁剪起来。

对面宛然出现了四年前过世的婆婆，慈祥的面颊上挂着浅浅的笑。

是了，婆婆生前最喜欢收集裁剪图案，还能够把一张普普通通的纸页剪出兔子呀、小人呀、花朵呀……然后码叠得整整齐齐，逢年过节，老家墙壁上贴得漂漂亮亮，不亚于名家的画廊。

“阿妈，我一定把它放到周三祭祀你的供桌上。”

1923 年出生、缠足的婆婆和女人在年龄上相差了半个世纪，婆媳关系有点说不清道不明，不像一般的婆媳，也不像母女，倒是像极了祖母和孙女。受过教育的女人是从历史角度看待婆婆，深切同情老人遭受过的生活磨难和艰辛，真切理解体谅伊之保守的思想和观念。

没念过书的婆婆或许与年龄相差太多的儿媳相处有些无措，只能拿出更多的疼爱给她，盲目地认为她说的

话最有道理最可依赖。

或者，两个人之间有女性天然的亲和力，温暖了彼此的心灵，因而有了冥冥之中的深厚缘分。

按惯例，每逢放假的前两天男人必当值，夫妻两人他们担心国庆节假日不能回去，所以，暑假时两次回老家看望老人。后一次，虽然婆婆已卧床不起，但她思维清晰、表达清楚，在老家的哥嫂姐姐们做好了打持久战——轮流照顾的准备。

国庆长假第三天早上天还没亮呢，一夜辗转的女人忽然产生了一种强烈回老家的冲动，和男人一说，不谋而合。两个人告诉睡眼蒙眬的孩子自己一个人待在家，然后开上车就走，在车上给家里打了电话，家里人说那就回来吧，路上开车注意安全。

一路顺风，到大门口，哥哥姐姐说你们俩快一点来。迈步进堂屋，床上的婆婆已然没有了反应，仅仅偶尔能呼出一丝气息，女人握伊手，已然发凉，两个人大声说："阿妈，我回来了！"老人的左眼角浸出一小朵泪花，然后，气息皆无。

早有准备的家里人开始给老人穿寿衣寿鞋，开始了符合当地习俗的寿终正寝的人的丧礼。

而女人只是紧紧地握着老人越来越冰越来越僵硬的

手，说：“阿妈，你别害怕，那边有阿爸等着你！你放心走吧，我会照顾好你儿子和孙子的！”想到从此阴阳两隔，悲从中来，女人放声大哭。

后来，家里人告诉他们，从昨天晚上老人气息就不如往常，商量着是不是电话通知他们，又怕他们开车心慌不安全，可巧他们早上就往家赶，没让老人白等一场。冥冥之中，苍天有眼，所有人的心愿都得圆满！

按老人一直生活在夏历（农历或者说阴历）日子里，每年的忌日换算到公历（阳历）都不相同，可只要接近这个日子，女人都会恍然记起，就会在生活的城市张罗着用新式方法祭奠一番。

图案剪下来，确实好看，恍恍惚惚觉得婆婆的笑容似乎不够浓烈？哦，对了，她赶紧拿起电话，拨给在外地工作的男人：“下周三是阿妈忌日，你一定要买她最喜欢吃的水果祭拜。”顿了一顿，声音放柔了一些，“我们家三个人，就你，如今成了没有亲娘疼的孩子，真可怜……也不要太伤心难过，我会疼爱你的。”

不等那边有反应，她赶紧挂了电话，虽然觉得有些难为情，可也有一份别样疼惜之情油然而生。终于觉得婆婆的笑容满足惬意，仿佛在称赞她是个遵守诺言的实践家一样！

二〇一七年十月十五日

阅读·偶像·追逐

和16岁花季少女崇拜的偶像多为成熟稳健的可靠兄长型男人不同，46岁女人最容易把刚刚长大成人的儿子列为第一偶像，这是我的最新发现。农村有句俗谚是“别人地里的庄稼，自己家里的娃”，中国传统俗话“人家的相公自家的孩子”，自以为免俗的我一直以来对这样的习俗强烈抵制反抗有加。可是，伴随儿子一天天长大，我竟然也成了“俗不可耐”队列中的一员，并且还能用“大俗即大雅”来安慰自我的沦陷，坚决果断、无怨无悔地成为这个偶像的铁杆粉丝。

我之所以把儿子当成偶像，不只是因为他那一米九的个头、挺拔标准的身材、相貌清朗阳光；不只因为他能在千万高考大军中挥洒自如成绩优秀；更多的欣慰来自于他专业以外的博学多思和灵活运用所学知识。

8月15日在微信上聊天，确知他18日回家。正在翻阅《白香词谱》的我发给他一首宋代曾允元的《点绛唇》：“一夜东风，枕边吹散愁多少？数声啼鸟，梦转纱窗晓。来是春初，去是春将老。长亭道，一般芳草，只有归时好。”暂借这首展现游子即将归家时愉快心情的小令来表达我对他的即将归来无法掩饰的喜悦。

他马上回了一首署着他大名的《点绛唇》：“一纸无言，轩窗帘幕透新弦。银河岸遥，扁舟去经年。既别岱宗，又辞蜀道险。滩涂地，离别时节，细雨润红笺。”

（岱宗——他的家乡济南，蜀道——他读西南财经大学所在城市成都，滩涂地——上海滩。7月21日至8月16日，顾不上回家的他直奔上海参加家庭金融情况调查活动，多数被采访业主误当成上门推销保险的人员，当然让他们吃了无数的闭门羹，甚至个别业主把对社会的不满、人生的苦闷炖成一锅苦瓜辣椒汤浇给他们。于是他把久离家乡亲人、阔别学校同学、人生地疏工作不顺的烦恼诉诸一首小小令词。）

读完这首词，我佩服他的才思敏捷，欣慰之情也油然而生：一个理科生不为专业所缚，还能保持这种诗词歌赋的人文情怀，心中的忧愁苦闷可以用中国传统的诗文形式抒发排解，并且让读者读完之后不会产生无端的忧伤，这种较高层次的自我排遣方式不是随随便便一个人能做到的。我的欣喜不只是母亲对孩子长大成才的宽慰，还有作为一名教育工作者对当代大学生具有完备的综合素养的欣慰。

此时我比母亲节收到他寄来的漂亮的名牌发卡还要高兴。仔细回味，此时的心情应该和去年收到他寄来的圣诞节礼物时相同：一瓶红酒，瓶身一面喷刻了我们夫妇二人的合影，另一面是他的一首诗——

国是共举为爹娘，

个中辛勤未成章。

儿今远行邑西南，

恩情聊表作佳酿。

（注：他出生那天党的十五大开幕，所以用“国是”；“为”读二声，成为的意思）

收到礼物虽然激动，我还是立马打电话问他是不是写错字了，“国是”还是“国事”？他回我说一个爱小酌几杯的风雅女士知识面有点儿窄，请查查字典。我认真执行，懂了：“国事”既可指国家大事、政事，也可泛指一切跟国家有关的事务；“国是”则专指国家大计、国策、规划等重大事务，多用于书面语的文言词。

当爹的主张立即把酒喝了只收藏瓶子，我坚持等到将来我孙子考上大学时向他炫耀一下再喝。于是，这份珍贵的礼物被置于我家最醒目的书橱顶端，宛若一孤本典册散发着熠熠光辉。

最感动的当属他高一第一学期期末，那次家长会后需要把他的铺盖、被褥等一应生活用品带回家，我和先生一起参加了家长会。回家路上，当爹的调侃道：“你这高中班的女家长比初中班的女家长会穿衣打扮，显得比王柯好看。”（儿子小时候称呼爸爸妈妈，长大一点觉得这样称呼有点别扭，偶尔称老爹老妈，我们感觉没那么老，就商量好在家里三个人的称谓各略掉姓名最后一个字）。我正要反驳一通，儿子却严肃地说：“我妈可不是人间富贵花！”

就因为这一句，一路上我没再说一句话，心灵深处的感动慢慢渗出，积聚，融入血液，流布周身。当年北大才女张曼菱，被家学深厚的男友称赞“别有根芽”，故而芳心沦陷。我，一个身无长物泯然众人的家长，能让儿子用同一首词来评价，心底的震撼不啻遭受了一场七级大地震。我非常钟爱纳兰容若的这首《采桑子·塞上咏雪花》：

非关癖爱轻模样，冷处偏佳。
别有根芽，不是人间富贵花。
谢娘别后谁能惜，漂泊天涯。
寒月悲笳，万里西风瀚海沙。

被王静庵（国维）先生在《人间词话》中评为“北

宋以来，一人而已”的纳兰容若，写下三百多首婉丽隽秀韵清明净的小令长调，其令词格高韵远纤尘不染。而这首《塞上咏雪》花又不同于他的那些江南之作，有着北方塞外的风情，虽然没有“千里冰封，万里雪飘”“山舞银蛇，原驰蜡象”的磅礴气势，读起来却也格外激昂人心，“别有根芽、冷处偏佳”的雪花是“山中高士晶莹雪”，有人间富贵之花不可比拟的高洁之姿，清冷而矜贵。

“情深极致必无言”，我陷入长久的思索，最终下决心调整人生的方向，于是从传授了二十年物理知识的自然学科教师改行到图书馆工作，变成了一个图书馆员。

你是否有这样的经历：年少时，你所尊敬的师长父母辈，说过的激励你的话或做过的鼓舞你的事情，影响了你的世界观、价值观、人生观？我这种情况有点儿本末倒置了，只好用“自古英雄出少年”安慰一下自我。

就像词最初叫“诗余”一样，诗词只不过是儿子博览群书的业余爱好而已。从三年级下学期开始，每到周末做完老师布置的作业，他就自己一个人去书店、书市选书买书读书，然后向我荐书，这已经成为他的习惯，坚持至今。大量阅读，让他自我成长，健康顺利地长大。因为读过的书太多，在此无法一一列举，只选对他有影响、有的甚至对我有影响的书说一下：

一、《明朝那些事》

小学四年级他去英雄山书市买的，回家路上迫不及待地看第一本，乘坐公交车错过了家门一直被拉到了终点。看完他又买了《梦回宋朝》和《那时汉朝》。读过之后他慢慢发现自己对历史的兴趣点不在于逸闻趣事，而在于分析时事如何造就人，所以后来陆续买了《易中天中华史》、人大教授张鸣的《重说中国近代史》、斯塔夫里阿诺斯的《全球通史》、尤瓦尔·赫拉利的《人类简史》、《未来简史》。我喜欢的是《重说中国近代史》《全球通史》，尤其是《全球通史》已重读。

二、郑渊洁的童话系列

这套书我一本也没看过，却珍惜我们做教师的必修基础课程是教育心理学，所以我关心孩子的生理、心理成长，当家里的男孩在十一二岁即将变成男生时，跟他谈谈身体变化带来的心理变化大有必要。几次催促当爹的跟孩子谈谈，他都因为工作太忙（他的确忙）没做到，急脾气的我只好亲自跟孩子谈。我刚期期艾艾地表述完，儿子很从容地说："妈妈，我明白你的意思了，'精满自溢'，不用担心。"我很惊奇，问他从何处知道的，他回答说从郑渊洁的童话书中的一个角色皮皮鲁那里知道的。属于科学范畴的关于身体的知识在我们的国度还蒙着神

秘外衣不便启齿，但郑渊洁先生用艺术形式将其普及了，让我家孩子获益匪浅，我一直心怀感激。为了表达这份感激之情，一向不爱八卦的我有段时间和儿子一起关心郑先生的儿子郑亚旗（不用接受学校教育）的成长，这就是所谓的爱屋及乌吧。

这次也是孩子最后一次用“妈妈”来称呼我。

三、易中天作品系列

《品三国》开启了《三国演义》和《三国志》以外探讨三国时期人物的新模式，激发了儿子演讲辩论的热忱。实验初中首开“学子论坛”，孩子获得校长亲自颁发的奖杯。一发不可收，《品人录》《读城记》《闲话中国人》《中国的男人和女人》《帝国的惆怅》……易中天教授的所有作品一时攻占了他房间的书橱、书桌，模仿易教授讲话的语气语调、手势动作，甚至他打算将来念大学一定要去厦门大学，因为那里有易教授在。他总结说实验初中“学子论坛”让他这个在众人面前讲话脸红的小子变成了一个站上演讲台挥洒自如的学子，奠定了他在高中每场辩论赛都是最佳辩手和大学一年级参加比赛就是最佳辩手的基础。

我也喜欢易教授的《中华史》，有百读不厌之感；我尊敬易教授的一个最大理由是儿子因为“学子论坛”

事件而整个初中热衷辩论。我们母子经常上演对国事、天下事的大讨论，各抒己见互不相让，把青春期孩子的叛逆内向通过这种交流方式赶得无影无踪，最终给了我们家一个阳光少年。

四、哲学类著作

《尼采生存哲学》《马斯洛人本哲学》《40堂哲学公开课》《纯粹理性批判》《小逻辑》《精神现象学》《资本论》，冯友兰的《中国哲学简史》《中国哲学史》，周国平的《人生哲思路》《尼采与形而上学》，傅佩荣的《哲学入门》《哲学与人生》，张汝伦的《〈存在与时间〉释义》……

一个初三的孩子为了释放中考带来的压力而捧读一本黑格尔的《精神现象学》，你遇见过吗？

可能从这时开始佩服他的，因为至今我都没读懂《纯粹理性批判》《小逻辑》《精神现象学》《资本论》，不过，我非常喜欢《中国哲学简史》，熬了通宵才读完。

五、经济类

《道德情操论》《国富论》《集体行动的逻辑》《货币战争》《郎咸平说》，这一类书他买得较少，却决定了他高考后选择专业——金融学。

还有一套书在我家的地位较高，十二卷本《南怀瑾

选集》，儿子推荐的，对我影响很大。其来历如下：每到假期，无论寒暑，我习惯从头读一遍《古文观止全译》（金城出版社出版，卫建国主编），原因无他，我对今人诠释的好多经典多少有些怀疑，而自己的古文知识储备甚少。比如买了原著如《史记》《红楼梦手稿本》，甚至钱穆先生的《论语新解》，它们都用文言文、繁体字写成，实在看不懂。只好买了《说文解字》《汉字树》当字典用，每每查找一个字，这个字的起源、各种形体、意义、演化过程又是一件值得学习的事情，往往半天也弄不懂原著中一句话的意思，那厚厚的十卷本《史记》不知能在何年何月看完？虽然今本《红楼梦》读过至少五个版本的，手稿版还是很难流畅连贯地读下来。而《古文观止全译》的每篇古文有题解、原文、注释、译文四个部分，注释中给好多字词标注了读音，阅读起来方便容易。我认为只要把这本书读多读熟了，自然能找到感觉，熟能生巧嘛，然后举一反三触类旁通。儿子听了我的说辞，从他书架上抽出南先生的《论语别裁》递给我，说先生的作品就像给我们和经典之间架设了一座桥梁。我快速翻阅一下，发现有儿子的标注，感觉听他之言不会有错，就从头看起，这一下欲罢不能，也是通宵达旦翻阅，连续两天看完上下两册。我们交流了读书心得，都真心佩服南先生的博古通今、风趣幽默睿智豁达，其作品评说历史人物中肯公正、行文前呼后应、水到渠成，让人爱不释手。只不过书中出现的论语原文，重要的字词有读音和释义，而有些字却没有注音，对我这半路出家的业余爱好者就是有点儿难了。儿子建议我同时看北京育灵童和北京师范大学共同编订、北京大学音像出版社出版的《儿童经典诵读》系列读本，每个字都注音，非常标准，其中就有《论语》《老子》《庄子》《孟子》《大学中庸》等。

我采纳他的建议，第二次阅读《论语别裁》时随手配备薄薄的注音版《论语》，真乃绝配，读起来畅通无阻痛快淋漓。

第一次从头至尾读完《论语》这部儒家经典，再看《论语新解》（钱穆著）就轻松愉快了，打算过段时间读梁启超先生推荐的戴氏注本。

食髓知味，我从图书馆借了《老子他说·孟子旁通》，读着读着，不知足的本性暴露，很想看看离我们远些的前人对老子思想、言论的解读，比如王弼，恰好图书馆有《王弼评传》，不期然又牵涉了何宴、夏侯玄、正始名士、竹林七贤、《世说新语》……这就是我为什么改行到图书馆工作的自私原因：有些书我可以买回家收藏；有些书我只需要阅读没必要收藏；只好求借于图书馆，在这儿工作，既可以先睹为快也可以借阅方便。

《老子孟子》这一卷我整整读了一个学期，后来借

阅《庄子諵哗》时发现有人先下手为强，架上空无一册。我等不及它被还回来，从京东商城买了十二卷本的《南怀瑾选集》。拆包摆架时激动欣喜，看着它们，有“止矣！足矣！”的感动欣慰。

这套书帮助我翻开了了解我们民族瑰丽经典文论的第一页，为以后撷拾汲取先人们积累的智慧精华走出了第一步。由衷地感谢南怀瑾先生的不朽贡献，也真诚感谢儿子的积极推荐。

和杨文女士（山东英才学院董事长）陪同儿子共同学习、教子成功相比，我对儿子的陪伴太少，我的育儿理念是我有工作需要我努力，你有学习需要你努力，怎么和陪伴你的老师、同学相处也需要你的努力，只要认真努力了，结果如何不是最重要的。金韵蓉女士用爱让孩子成长不烦恼；我家儿子是阅读让自己成长很健康。这两位女士一直是我教育帮助孩子成长的榜样，如今儿子能通过阅读自我健康成长，于是我把他当成我的榜样！

阅读不仅是孩子健康成长的阳光雨露，也能让我们拨开蒙在心头的迷雾，拨云见日，有丰厚的获益。比如通过阅读思索，我理清了该如何对待公婆父母：我们的长辈因为时代和经济条件的限制没有机会受教育，他们不自知地继承了根深蒂固的古老传统观念——养儿防老，我们也秉承了知恩图报思想，所以我们要用传统的方式赡养孝敬已经年老的他们，让他们享受“年轻受苦不算苦，老了享福才有福”的物质、精神双幸福；该怎样养儿育女：对待下一代，应该抛弃不自觉的“挟恩图报”之思想观念。“建安七子”的孔融说：“父之与子，当有何亲？论其本意，实为情欲发耳。子之于母，亦复奚为？譬如寄物缶中，出则离矣。”此言骇世惊俗，当时被视为大逆不道，细思量却符合科学道理，孩子的诞生已经让为人父母者体验了创造生命的极大幸福和喜悦，脱离父母怀抱的他是个独立自由的个体，不能成为我们后半生的唯一寄托和支撑。孩子，一旦成了父母人生的重心，两代人，都会负累重重。

孩子小的时候，我们是他的偶像和榜样，我们该怎么做才能发挥出第一任教师言传身教的作用？能想到的是我们认真对待工作就是很好的教育方式，让他从很小就知道只有努力工作才能有衣食住行的回报，对社会有付出才能心安理得地享受社会给你的回馈。当孩子问你这么努力工作为什么不是先进时，我会告诉他有人比你更努力更优秀；当你工作不顺心时，他问你是不是白白努力了？我会跟他说努力还不一定有好的结果，不努力一定不会有好结果。所以，儿子从一岁开始白天送到保姆张奶奶家晚上接回家起；不管幼儿园还是后来上学，

他每天都高高兴兴、快快乐乐地出门，还不时地嘱咐我一定要努力工作啊。

其父是典型的工作狂，和孩子相处时间很少，但是，18 岁的儿子创造的特殊成人礼上总结了父亲五大优点，对父亲的品格、才能推崇备至，决心做一个像父亲那样有责任心有担当的男人，其父落泪，在场的人都很感动。（有拙文《成人礼记》）

孩子问将来如果他不在我们身边工作而我们又年龄大了怎么办，我果断告诉他“事亲孝之始，显亲孝之终”，我虽然不慕虚名，但只要他能发挥才能实现梦想和人生价值，在哪儿工作都行，“埋骨何须桑梓地？神州无处不青山。”

从 7 月下旬，外子到威海校区工作。热心的闺蜜、好心的邻居有的劝我申请到威海去，有的建议我养宠物狗打发寂寞和无聊，我都微笑感谢，却不打算采纳，我哪有寂寞无聊的时间啊？不仅儿子以前推荐的书还没读完，而且我打算凡是他读过的书，我都要读上一遍，这大概要花上余生的“应该寂寞无聊”的所有时间，何况他的阅读和荐书行为已成为习惯 ，今天仍在进行，明天依然持续。

龙应台女士慢慢了解到“所谓父女母子一场，只不过意味着，你和他的缘分就是今生今世不断地在目送他的背影渐行渐远。”但是，我，不愿意像龙女士那样，只是“站立在小路的这一端，看着他逐渐消失在小路转弯的地方”，答应他“用背影默默告诉你：不必追”。

就好比刚升本的学校（我）和百年老校（儿子）的关系：刚升本的学校若认为总算上了个台阶，即使还往前奔跑，也不必加速了，那和百年老校只会相距越来越远，因为百年老校即使也不再加速，可速度还是比新本科学校快，只要前边的速度大于后边的，随着时间的推移二者之间的距离就会越来越大。只有我也奋起直追努力向前，即使二者之间距离还在增加，但是，他在我目及范围内的时间也会长一些。学过经典物理的都知道分子热运动部分有这样的理论：当两个分子之间的距离具小于平衡距离时，二者表现为斥力；当二者之间距离大于平衡距离小于十倍平衡距离时，二者表现为吸引力；一旦二者之间的距离超过十倍平衡距离，二者之间就没有相互作用力了。现在我们母子已经成功跨越了斥力距离，以后应该努力保持在吸引力的范围内，尽量不要超过十倍平衡距离而没有了作用力。既然不能阻挡他前进的脚步，那就让我提高思想的速度，追逐他的背影，心灵离得近了，才有可能共鸣（共鸣是共振的一种形式，只有振动方向和频率相同才能产生共振，一旦共振了才能激发最大的

能量）。愿在他偶尔回望时，我还能在他看得到的地方，而不是那里空无一人让他满目苍茫。这样，才不枉我们母子一场！

我能想到最好的方法就是阅他阅过的典册、读他读过的书。

喜欢阅读，于我，是追逐偶像的必经之路，也是上天赐予我的最大幸福！

二〇一七年八月三十日

成人礼记

儿子18岁生日适逢周末，也凑巧邻居聚餐。吹蜡烛、切蛋糕、唱生日歌、送祝福……活动进行到高潮，寿星表达了诚挚的感谢，自然也感激我们给予他生命并将其抚养教育长大。

想起我做高中班主任的年代，同学们18岁了，会举行个仪式，送一些谆谆教导和殷殷期望。我想如法炮制，提醒他已长大成人。谁知，儿子却出乎意料地创造了一种仪式从而完成了他的成人礼。

他说从“礼”字的构造来看，右边部首表示对尊敬的人弯腰鞠躬，今天的成人礼，他想对父亲鞠躬感恩：

一、父亲侍奉父母克尽孝道竭尽全力，没有遗憾地送走了两位高寿的老人；对待兄弟姐妹力所能及地帮扶无私，虽然不是老大，却做了一个老大该做的一切，在他的努力下，五个家庭六十多名成员和睦相处。为此，他鞠一个躬以示敬重。

二、父亲工作起来全心全意不遗余力。现在所在岗位的工作性质需要他能够尽快领会领导的一言一行，及时准确地执行、下达；而各部门的建议、意见也要及时合理上传，为领导的决策提供丰富的材料和依据。这需要敏捷的思维、精确的判断，他做到了，工作得到了大家的肯定。他佩服父亲忘我的工作态度和卓越能力，深深地弯腰行礼。

三、父亲和朋友、同事相处融洽诚恳讲信用。这儿不提具体事例，从最早的电工房实践、教务处任职、外语系做学生管理，到今天的校办，不管哪个部门的领导和老同事都对他爱护有加，年轻的同事都拥护备至。一个人，不论男女老幼都愿意亲近，说明这个人后天修炼的情商很高，“世事洞明皆学问，人情练达即文章”，为此，他鞠躬表示敬服。

四、父亲作为一名党的干部，廉洁清明。虽然是在学校里工作，可因为合作的企业和人很社会化，难免有些社会风气刮进校园，甚至有人塞“信封”，当面的你会断然拒绝，偶尔塞到办公室门缝里的，你立马上交。你在家说过，你的工资已经很高，努力工作才配得上它，再有异心，天理难容。有人说这个社会很黑，可我从你这名小干部这儿看到的却是晴天。插句题外话，你一个草根，凭自己的努力获到今天的局面，也说明了社会的公正。总之，从你个人奋斗就有今天的职务和你不以权谋私这两个方面，我看到了中国的希望，因为你能这样做其他人也会这样做。这也是我虽然去了一趟美国，感觉美国还不错，可我仍然要在中国考大学，努力向你学习，凭一己之力创造一片天地。我为中国的希望鞠躬。

其父泪落，其他人，包括我，良久无语，别开生面的成人礼震撼了我们这些成年人的心灵，看向他的眼光里包含了惊叹、感佩！

他第五次鞠躬算是一个总结：父亲让他懂得男人就该有担当！

以前，有人说儿子优秀，我很不以为然，认为他不比别人弱，也不比别人强。此刻，我心悦诚服地承认：我家儿子的确优秀！

是为记。

（《说文解字》中的礼，履也，所以事神致福也；我更喜欢儿子的物理老师给他们讲解的今文礼字——右边部首表示对尊敬的人弯腰鞠躬）

家长和孩子共同成长
——写给儿子初中班主任的信

我家孩子的成长和进步都是班主任和老师的教诲与培养，被称为“最轻松的家长”的我们提供经验委实感到汗颜，因此，只能谈点小小体会。不同孩子，不同性格，应该因人而异，因材施教。

对于初三的暑假，刚放假的几天，学生拿到了初二期末成绩，他自己肯定有紧迫感，自尊心和好胜心强的他们会有一些好的打算，趁此机会，家长应该听取老师的建议，给孩子选择合适的辅导班，不要盲目乱报，花钱事小，关键是浪费孩子的宝贵时间和精力。

老师布置的作业必须完成。实验初中的每位老师比任何一个培训班的老师更适合咱们的孩子，老师布置的作业是最基本最适宜的，所以请孩子按老师的要求把作业按部就班地完成。

身体是革命的本钱，每天应该安排一定时间锻炼身体，体育考试项目提前练一练，既锻炼了身体又应对考试是一举两得的好事情。练字是语文老师布置的作业，每天需要坚持，家长略为督促一下即可。这个暑假还有个重要任务，就是多读书，这个年龄段不能只读漫画，读些名著和散文，既陶冶情操又开阔视野还能帮助收集作文资料，一举多得。

针对眼下管理孩子的家长大多为妈妈，说上几句，当然只对男孩妈妈来说的。本来女人天生具有丰沛的母爱，有时即使对路人还会有那么多的同情心和慈悲心，更何况是自己的儿子，并且是站着和他说话时，你必须仰起头来才能看见他的眼睛的男子汉一般的儿子，此时的妈妈一般是感情妈妈，很容易依随了孩子的意愿，轻信孩子的话，“他想怎么做就怎么做，只要他喜欢怎么都行”。但是一旦孩子的学习成绩不理想时，又太情绪化，把平常对孩子的呵护照顾搬出来絮絮叨叨，令孩子非常反感。又有哪个孩子他自己不想有个好成绩呢？那么大个头的孩子内心其实很脆弱，并且又是自尊心超强的年龄，所以往往考完试的这段时间是情绪母子的对立时期。尽管过上一段时间会缓和，并且缓和后为了弥补，妈妈会对孩子更是百依百顺，直至经历下一次考试后的又一次不和谐。如此往复循环，产生的后果是妈妈委屈，孩子也感到不快乐。我想，和儿子相处，应该做一个理智的母亲。我们家的爸爸是个慈父，家庭责任感倒是蛮强烈，但是因为工作太忙，对孩子只能管理到大面，点

上的事他顾不过来。没办法，我只能做个“严母”。

首先，我们应该认识到这个男孩他将来是国家和社会的一个公民，他应该成为一个遵纪守法的高素质的公民，身心健康，自力更生。18 岁以前让他受教育这是我们父母应尽的责任，在受教育的这些时间里，尽量开发他的聪明才智，能品学兼优更好，若是学习不突出也无所谓，毕竟现在的社会是个需要多方面人才的社会，只要孩子努力了，就应该得到家长的认可。所以，我家孩子，在小学低年级的学习目标语文 95 分以上，数学 98 分以上就行；中小时在班里排个 10 名左右，高小时能在班里前 5 就行。等他进了初中，他遇到了一个厚爱他的班主任，自信心倍增，我结合他的情况，给他定了初一班级前十，初二靠近前五，初三巩固前五的目标，他觉得这个目标可以达到，也就欣然同意了；既然同意了，男子汉大丈夫，一诺千金，为了达到目标，是上课认真听讲，还是回家了额外努力，自己选择。经过几年来的观察，我发现我家学生的课堂效率比较高，日积月累，他的空闲时间比较充裕，为他的课外阅读提供了条件。

第二点，提供爱读书的家庭氛围。一个家里可以没有单独的书房，但是每个房间必须有书橱，以现在的经济条件，每月拿出二三百元买书很轻松，老师推荐的书籍，家长喜欢的书籍，学生自己买来的书，各种工具用书。若哪篇文章或作品三个人都看过，谈谈体会和心得。我们家不属于安静的家庭，往往对某个人比如郎咸平、易中天、周国平有不同的看法，争论的声音之高能把屋顶给掀翻，尤其我们母子，对一些历史事件，我这个受过正统中国教育的人和那个处于叛逆期标新立异的学生观点迥异，辩论时互不相让，针锋相对，为此，我专门买了锻炼口才的系列书籍，以期帮助自己战胜初中生，孰料，学生先睹为快，使我处于下风。读书使孩子学会了思考，也开拓了他的视野，虽然语文不是他的强项，但他也能学得很开心，能把自己的一些观点表达清楚，这也正是我们学习语言的目的之一。通过郑渊洁的系列作品，孩子从童年自然进入到青春期，我所担心但是作为妈妈无法跟他沟通交流的某些生理现象他能正确对待，为此我感到很欣慰。因为市场经济下的中国宣传媒体为了钱对青少年很不负责任，懵懂的孩子很容易被污染，家长若只关注孩子的学习成绩，不关心他的生理和心理变化，应该谈不上合格的家长。家里多买一些心理书籍少买点厚黑学，孩子的心理会健康纯洁的成熟起来。

第三点，培养孩子的自理能力。这里的自理是指照顾自己的生活，一个男孩子，必须学会照顾好自己的胃，

不能让家长操心，想吃什么、能吃什么、吃多饱，自己看着办，别人喝饮料你也喝，结果喝了之后不舒服，那活该，自己承受痛苦，让他知道不是什么都能攀比的。家里做了什么饭，你就吃什么饭，不能不爱吃就不吃，若真不吃，那你饿了，就挨着，绝对不能偷吃零食一类的。除非在我做饭之前告诉我，你不想吃，那我可以不做。穿衣需冷暖自知，前一晚告诉他第二天的阴晴冷热，校服里边穿什么自己琢磨。假期旅游同行可以，每个人的行囊自己打理，在外缺了什么后果自负。

再一点，该如何对待我们的长辈必须给我们的孩子做榜样。不管我们的长辈对我们公平不公平、偏向哪一方，作为儿媳的我们不能在孩子面前诉委屈发牢骚，有时候我想现在提倡的亲子教育有点偏颇，若扩大到几代人之间的互相亲和，那我们的孩子能更快乐更幸福的成长。

最后，作为妈妈，认真负责的工作态度会给孩子产生榜样的力量。虽然现在的孩子也有一些接触社会的机会，但毕竟太少了，而家长在家庭外是社会上的人，我们以什么样的姿态对待工作、以什么样的心态对待社会，孩子的眼睛就是通过我们这样的窗口看待社会和他将来的生存空间的，我们积极，他们的心态就积极，我们牢骚满腹，他们将来就会偏激。2012 年春节，领导让我把实验中心的担子挑起来时，我经过一番思考答应了这件事。有时候工作多的时候顾不上孩子，可孩子知道我们是在努力工作，不是吃喝玩乐，他自己买点饭然后该做作业就做作业，该休息就休息。2013 年春节，孩子首次进入年级前 60 名，我们为他自豪；家长都被评为单位先进，他也因为我们感到骄傲。从我们这里告诉他，你只要努力，就会被别人承认，得到社会的认可，将来他也如此。现在的孩子们很反感家长拿他和他的同学比较，那就问一问孩子：你们在一起的时候比较过谁的父母本领大谁家有钱吧？我估计大多孩子都比过，那当您的孩子讨厌你拿他跟别人比较时，你就可以这样来对答：既然你能和别人来比较父母，那我为什么不能把你和别人比较？

因为我认为每个孩子都很优秀，所以从来也没认为自己家的学生有多好，他取得什么样的成绩都是应该的：考好了，说明“有努力就有收获”；考得不好分两种情况，努力了没考好，说明“努力了不一定有收获”，因为不努力而成绩不理想，说明“不努力一定没有收获”。所以我一直以来是他眼里的“狂风暴雨，严寒酷暑”。可能因为我能做到关心他却没把眼睛时刻盯在他身上而没让他不自由，所以他还能理解我的狂风暴雨。

亲爱的张娜老师，做一个好的中学老师可能只要努力就行，但是，要成为让这么多家长和学生感动的老

师，只能说明一点，您的人格魅力触动了我们的灵魂！

代表所有的凌云一班的家长向您致以最崇高的敬意！

航母王克彦

二〇一三年九月

我与图书馆同行

面朝黄土背朝天的父母已经拼尽全力供我们兄妹三人上学，没有一丝多余的经济能力提供课本以外的图书。但在冬天的夜晚，母亲一边在煤油灯下做针线，一边绘声绘色地给我们讲述她从说评书的父亲那里听来的各式各样的故事，如《封神演义》《隋唐演义》《薛刚反唐》《穆桂英挂帅》……现在想来，她应该就是我人生的第一所图书馆，开启了我对历史故事和历史人物的好奇和向往。

农村女娃子的学习压力不很大，可我还是认认真真地念书，因为年少的我认为大学校里才有装着好多好多书的地方，有更多比吃饭还吸引人的故事，为此我竟然考上了被称为“县城老大”的一中，不大的图书馆里虽然也有些喜欢的书刊，可紧张的高中生涯哪容得小女子放肆？再说了，二十几个人的通铺宿舍，你借了什么样的“闲书”，严厉的老班很快就会知晓。生来胆小怕事的我只好忍痛割爱，违心地做老班的“乖学生”。

天赐良机，高三下学期，老爹认识的一位朋友安家

学校附近，我暂住他家的一间杂货房，他家初中肄业的儿子经常从书摊上租武侠小说，他白天看，我趁机晚上看。这个“流动的武侠系列图书馆”让我认识了金庸、古龙、梁羽生、萧逸……和他们的传人郭靖、黄蓉、令狐冲、任盈盈、楚留香、张丹枫……同时我的学习成绩大面积滑坡，高考成绩仅比录取线多了一分，险中取巧地走进了大学，为此付出了高昂的代价——第一志愿的东北师范大学图书馆专业用怜悯的目光看着我走进了最不喜欢的调剂志愿物理专业的地盘。

能够抚慰一颗辛酸而寂寥的心灵的只有山师大图书馆二三层的一本本整洁而优雅的文学书籍。石评梅、凌淑华、苏雪林、冰心、丁玲、庐隐……这些女作家的作品如今记不起了，可她们的形象幻化成美妙的文字刻在我脑海里一生一世难忘怀。茅盾、老舍、巴金、曹禺、郁达夫、孙犁、艾青、臧克家、刘白羽……这些响亮的名字和他们的作品一样屹立在中国的二十世纪文坛。至于鲁迅先生，当时的我还不能完全读懂他的文章，自然也难以领会他的精神，随着对他生活时代的深切了解我越来越喜欢他的文章，掩卷之余，疼惜的心绪慢慢地，氤氲缠绕，久久不散。每当时下看到比较鲁迅先生和胡适先生的一些文章厚此薄彼，我总会莫名地愤慨和恼怒，因为在我的心目中两位先生好比曹公笔下的黛玉和宝钗一样难分伯仲，好比一架天平的两端，少了哪一个，二十世纪二十年代的中国文坛会倾斜不衡。

大学毕业后任教的济南一中的图书馆虽然比“县城老大”的图书多了一些，却已经不能满足我的阅读需求，倒是和图书馆的工作人员关系密切，即使来到交通学院已经八九个年头了，最熟的人仍然是他们。

交通学院的图书馆具有一定的特色，工具性、专业性的应用书籍居多，偌大的图书馆弥漫着务实、入世的气氛，浸染了每个学子。我还是喜欢到四层的文学书库浏览徜徉，就是在这里我有机会系统地阅读了诗经、前秦散文、汉赋、唐诗、宋词、元曲、明清小说，还有系列人物评鉴：屈原、司马迁、韩愈、柳宗元、王安石、苏东坡、辛弃疾……跟着前人一下子走过两千年，有一种拉长了生命、开拓了眼界、丰富了心灵的满足感。

每当我踏进图书馆的门槛会油然而生一种敬畏之情，脚步自然而然地变得轻轻，唯恐惊扰了站在书本里的一个个伟大的灵魂。我站在书架前虔诚而怦然心动。古人“一曲新词酒一杯”，吾今“捧读旧词品人生”，默默无言两相对，相知何须曾相逢。

经济条件已经允许、不会给孩子讲故事的我每月都能

买上几本喜爱的书，日积月累，一定能成立一个家庭图书馆，那么，大饱眼福的我是不是也能变得和那些在图书馆工作的女士一样：怎么看，她们都像是一首婉约的宋词，气质娴雅、神态超逸——“腹有诗书气自华”。

愿我的理想不是梦。

二〇一二年十一月

（我已来图书馆上班了）

赏花已毕心留香

——读《毕淑敏散文》

青藏高原的暴风坚韧了她的性格，皑皑冰雪圣洁了她的灵魂，伸手触天的山峦博大了她的胸襟，救死扶伤的职业看透了前世和今生，或许那一段岁月锻造了她的侠女性情，弃医从文的决然像极了鲁迅，当时的先生欲用文学来救国，所以行文如剑似刀直指要害；而她从文的缘由多为彰显“我”之重要，她的文字更像涓涓细流熨过心田。掩卷遐思：她怎么就这样不着痕迹地把“我很重要”融到环境之中呢？简练的语言宛若高原上的白雪，平和的语调仿佛朋友间的娓娓而谈，我产生了错觉：莫非师承荷花淀的孙犁？

不像撒哈拉的精灵三毛，也不是画中的席慕蓉，她和新加坡的尤金更像一对孪生姐妹，就像我们的邻家大姐，和蔼易近，却长有一双洞穿世事的明眼和一副关爱社会的热心肠，总是不自觉地走进青少年的世界，关心他们的成长，关注他们成长的环境——家庭、学校、社会。大多数的母亲以“事业有成”作为培养孩子的方向，过多地关注最终结果。显然，毕淑敏和尤金的眼光放得更远——孩子们终将托起明天的太阳，决定世界和人类的发展方向，孩子的心灵健康和事业成功同等重要，一个人的成长过程决定了个人和整个人类的明天。从社会文化角度来说，她们的笔墨触摸到了人类的未来，一篇篇文章已经不仅仅在抒发个人的幽思情怀，而是糅合了散文和小品文的韵味，缓缓地给我们些警示。

虽然从她的文章中没有找到豪言壮语，却能从中嗅出她像男子汉一样屹立于耸入云端的巍峨高原上的大勇敢；既然走在中年的尾巴尖上能弃医从文，抉择人生，恐怕取得心理学博士学位的梦想迟早也会被她的澎湃激情渲染为现实。她对生活的挚爱和对人生的孜孜追求也激荡了我的热情，哦，我也能像她一样，只要不懈地努力，终会完善自我，把理想从头顶的上空掬于掌间。

青春的美丽容颜伴着岁月的花开花落已被西风吹远，人生阅历积淀成的智慧花朵越开越娇艳，像庖丁解牛刀一样的神笔驾驭文字游刃有余，身边的生活被她涂抹得香满云天，生活中的油盐酱醋茶散发着浓浓的生活气息，仔细嗅一下，你的心瓣上还会留存一缕琴棋书画诗酒花的典雅。

二〇一〇年六月

咏 柳

无论“月上柳梢头，人约黄昏后”的浪漫，还是“杨柳岸，晓风残月”的凄婉，柳树自古与风花雪月齐名。或许柔细的枝条袅娜的身姿在人们的脑海里种植了纤弱女子的倩影，翻开诗词文章，竟无一不把她描绘得楚楚可怜，一直以来，我也总认为她弱不禁风，动辄烟横水漫。

一趟家乡行却改变了我的看法——

高速路旁的柳树不畏骄阳酷暑，傲然而立，宛如英姿飒爽、气势豪迈的巾帼英雄，护卫着道路，不忘撑一把大伞为大地遮挡炎炎烈日，绽一树翠绿赏心悦目，与身边的杨树伙伴和睦相处，其乐融融。

从车窗一闪而过的容颜令我想起她们身处四面八方的姐妹，大明湖里的柳树正如端庄贤淑的大家闺秀，泉城各家老户门前的宛如娇俏的小家碧玉；校园里的饱读诗书，后花园的几棵像极了文静可爱的女学生，公寓旁的那几株就是尔雅博学的女教师！若把白云湖畔柳树的比作千手观音一般的老祖母，家乡河堤上的柳树可以被喻为纯朴中略沾不驯的农家少女；无缘谋面的西湖柳和隋堤柳或许正如传说中的风情

万种的美丽女郎吧？

她可以高雅地步入书画诗赋，也可以坦荡地入乡随俗，入画则朦胧美丽，入诗则如玉含碧，入词则笼烟润雾，入俗则可给人“无心栽柳柳成行”的意外惊喜。其实，她并无意于留史扬名，只是不忘与迎春花儿一起把第一缕春风送到人们面前，任顽皮的孩童撷枝作笛吹响春天的号角。一面任鸣蝉栖于枝叶间高歌夏日的激情，一面为路人张开伞荫，讨人厌的秋风秋雨也不能夺取她的绿裳，气势汹汹的寒风以为征服了她，却不知她机警地把生机藏在树根下，等待春的联络。年复一年，日复一日，岁月的痕迹划进身体，献给人们赖以生存的绿色！

若把青松比作大山的忠诚卫兵，柳树则为溪流的忠实追随者。无论在繁华的都市，还是在朴素的山野乡村，临水而立的柳树有着随遇而安的豁达，我仿佛听到风儿对她的称赞：我存在，我奉献，我美丽！

二〇一〇年五月

哦，我曾这样对你说过

健忘症的加剧，让妈妈经常忘记了一些感受：

一、你说你是个自私的孩子，不希望随便帮助别人。我的看法是：你只不过是认为是谁的任务就该谁来执行，是你自己的会高标准地完成，他人的就该他人完成；若人人都能做好自己该做的，整个世界会很美好和谐的；但不排除有的人能力不够，自个儿该做的做不好，那我们就该施以援手，帮助他。帮助他的前提是既不能损伤他的自尊心，也不能养成他依赖别人的习惯，做到这一点就成了伟人了。有的同学要抄你的作业，你拒绝了他，这可不算自私，反而我认为你做得正确，如果他确实不会，你可以给他讲解一番，让他听明白真正懂了，这才算真正的帮助。

另外，从你这句话里，我认为你已经开始思考怎么做人了，你已经比大部分同龄人更前进了一步，因为他们只是在做，还不会思考；也可能他们中有些人比你做得好，得到了大家的认可，比你更耀眼，得到的夸奖也多一些，

相应的自信心也强一些，但只要你并没有因此而看不起自己，我相信你更像一匹黑马，在漫长的人生征途上跑得更远更稳。

二、用你的压岁钱买了五本《明朝那点事》（作者：当年明月，自己坐公交去书市）。

妈妈用了两天两夜的时间把书从头看到尾。作者用幽默风趣的语言把枯燥的历史描述得鲜活生动。

当同龄人还在阅读家长给他选择的书籍时，你已经自己去发现优秀的书籍文章，并且引发了你探究历史的兴趣，我认为这比那些特长班、兴趣班的意义更重大。

皮皮鲁的相关故事让你为即将到来的青春期做了好多准备，把妈妈的一些担忧迅速去除，妈妈可不是要夸奖你，而是深深地感动。知识不仅仅是力量，也是智慧；书籍不仅仅是进步的阶梯，也是我们最亲密的朋友。

三、把你的作文做成了精美的PPT

“机盲”的妈妈崇拜所有把计算机用得得心应手的人，看到你的作品，我为你骄傲的同时，也深深地崇拜你，以后向你学习就行了。

当然，你有那么多的作文积累才是你这个课件成功的关键，希望你一如既往地喜欢写作，把更多的文章用更先进的方式展示出来。

四、你对数学的态度。

从最近的交流可以看出，你对数学很有信心，为此我感到欣慰。但是，你在数学上下的功夫，我可不敢恭维。数学这门课很实在，你对它稍微用心，它立马给你个好的成绩；你稍微轻视它一点点，它也立马还你颜色。为什么小学时，女生的数学成绩要高于男生，就因为女生比男生要细心认真，人家对它认真了，他当然就好好地报答人家。既然知道了它的脾气，你还只停留在上课听懂，课下会做题的水平上，那它也会迷惑你，让你看起来也不难，但绝不会让你拿到高分，要想拿高分，怎么办？对不起，除非你对数学多花些时间，多用些心思，除了课上、课本、老师布置的作业，需要拓展的知识有很多很多，那就要多看一些多做一些。语文老师说，学好语文，三分在课堂，七分在课外；我可以这样说，学好数学，七分课堂，三分课外（家庭作业也是课堂的延伸）；你那三分课外还没有行动，怎么能称霸全班？一个男生如果不能在理科上称雄，本身就是一种失败。数学是你以后要学习的物理、化学、计算机的基础数学不好，这些课程也不会好学，到时只能忙于应付这些功课了，你哪里还有时间去看大量的书籍，你的语文成绩也会随之滑坡，所以说这是一件很危险的事。反过来，每周只需要拿出两个 30 分钟，把稍高于课本的一些题型看看练练，既开阔了视野，又巩固

了课上所学。既累不着，又有所得，还把潜力积蓄了起来。到了中学，数理化学起来轻松。你才有时间把阅读继续，文科也会相应轻松。没有压力的情况下学习好才是一种高度快乐，才能真正“享受”教育。

我爱我的学校

我爱校园，层层叠叠，错落有致，不现山影有奇石，水声潺潺唱成湖；湖面汪了田田的荷叶，荷叶中俏立两朵出水的芙蓉；穿过生龙活虎的运动场，踏上通往书山路的小径，左有草长树密的假山真水，右有四季园圃的花鲜；拾级而下览文化长廊，豁然开朗迂回教学楼前；三五作伴而来，分道扬镳各奔教室，回眸顾盼处——图书馆的倩姿。高兴时有伙伴的欢声笑语，忧烦时可独登艺术楼之巅，暮雨中领略繁华都市的迷离，晨风中飘走失意孤独——自古谁不是高处不胜寒？

我爱这如画的校园，清晨的凉风听醉了莘莘学子的琅琅书声；白昼的四季风习惯了孜孜求知的历程；夜晚的微风温存了灯光，照亮了对知识执着的背影。师者不诲的教导和学子不倦的探索唱响了校园的主打歌，书香伴着花香和曲飘萦，悦我耳目怡我心胸。

我爱我的学校，她的昨日如珠明亮，从她温暖的怀抱走出了一代又一代的学子赴身于铺路修桥造车的行行

列列。每一寸土地上洒下了他们辛勤的汗珠，每一个工地印证了他们指挥家的睿智。铺就的条条道路宛如根根动脉畅通了祖国的经济，学有所长习有所专正是每一个交院人的理念。今天，顺流弄潮的交院，提升了办学层次，拓展了培养人才的空间，生机勃勃，蓄势待发。含苞之花，有绽放的机遇，也有风雨的挑战，静待每一个交院人的呵护和培养。亲爱的，你是一名教职员工吗？请把你的学识和才干无私奉献吧；或，你是一名学生？请把你的青春给知识多留一点吧！

请你不要以陌路人的姿态只对她挑剔，也不要以索取者的面目厌倦了她就转身离去，既然你不喜欢她的缺点，那就从我们开始，找出病源除之，让阳光永远洒满校园。只要我们做到师者以无术为耻，生者以不学为辱；师者爱生如子，学者尊师为长，学问互长，师生融洽，那么，我们的校园就会处处充满和谐的音符。

我们甘愿为她付出，这不才是真正的爱吗？亲爱的，来吧！

（无意中听到个别学生对自己学校的不屑和反叛，心痛了许久——为学校，也为这些受了多年的教育而不知‘子不嫌母丑’的同学，不知你曾给或者将要给学校留下些什么呢）

二〇〇六年

过北海大桥